CATALOGUE

D'UNE TRÈS-BELLE RÉUNION

D'OBJETS

DE LA CHINE ET DU JAPON

ÉMAUX CLOISONNÉS DE Ier ORDRE

TRÈS-BELLES PORCELAINES ANCIENNES
DE LA CHINE & DU JAPON

Quelques Pièces en Laque, en Jade, etc.;

DONT LA VENTE AUX ENCHÈRES PUBLIQUES AURA LIEU

RUE DROUOT, N° 5

SALLE N° 3

Le Jeudi 24 Janvier 1867,

A DEUX HEURES

Par le ministère de Me **CHARLES PILLET**, Commissaire-Priseur,
rue de Choiseul, 11,
Assisté de **M. FEBVRE**, Expert, rue Laffitte, 12,
CHEZ LESQUELS SE DISTRIBUE LE PRÉSENT CATALOGUE.

EXPOSITION PUBLIQUE

Le Mercredi 23 Janvier 1867, de 1 heure à 5 heures.

PARIS — 1867

RENOU & MAULDE

IMPRIMEURS DE LA COMPAGNIE DES COMMISSAIRES-PRISEURS

Rue de Rivoli, 144.

CATALOGUE

D'UNE TRÈS-BELLE RÉUNION

D'OBJETS

DE LA CHINE ET DU JAPON

ÉMAUX CLOISONNÉS DE 1er ORDRE

TRÈS-BELLES PORCELAINES ANCIENNES
DE LA CHINE & DU JAPON

Quelques Pièces en Laque, en Jade, etc.;

DONT LA VENTE AUX ENCHÈRES PUBLIQUES AURA LIEU

RUE DROUOT, No 5

SALLE No 3

Le Jeudi 24 Janvier 1867,

A DEUX HEURES

Par le ministère de Me **CHARLES PILLET**, Commissaire-Priseur,
rue de Choiseul, 11,

Assisté de **M. FEBVRE**, Expert, rue Laffitte, 12,

CHEZ LESQUELS SE DISTRIBUE LE PRÉSENT CATALOGUE.

EXPOSITION PUBLIQUE

Le Mercredi 23 Janvier 1867, de 1 heure à 5 heures.

PARIS — 1867

CONDITIONS DE LA VENTE

Elle sera faite expressément au comptant.

Les Acquéreurs paieront CINQ POUR CENT en sus du prix d'adjudication, applicables aux frais.

L'Exposition donnant aux Acquéreurs la faculté de se rendre compte de l'état des Objets, il ne sera reçu aucune réclamation une fois l'adjudication prononcée.

Émaux cloisonnés.

1 — Grand vase à panse aplatie, ayant la forme d'une gourde.

Cette pièce exceptionnelle offre sur chaque face deux médaillons de paysages avec moutons et chiens au repos. Les médaillons sont enlacés de fleurs de marguerites blanches et de rinceaux, le tout en émaux de couleur, sur fond turquoise. Anses à jour et flamboyantes. Pièce hors ligne.

H. 50 c. L. 40 c.

2 — Deux grandes et belles jardinières, de forme cylindrique, décors de fleurs et d'entrelacs en bleu clair, sur fond gros bleu, ménageant quatre médaillons emblématiques. Pièces d'une très-ancienne fabrication, les seules connues en ce genre.

H. 40 c. L. 38 c.

3 — Grand Brûle-parfum, de forme semi-ovoïde, riche décor en émaux de couleur, d'œillets de tons divers, de branchages et raies de cœur, sur fond turquoise. Anses à dragons en ronde-bosse, couvercle en bronze repercé à jour, dominé par un gros bouton également cloisonné. Pièce exceptionnelle.

H. 58 c. L. 50 c.

4 — Magnifique Vase de grande dimension, orné de neuf
frises. La plus large offre un combat de dragons dans
les flots, dominés par des foudres et des emblèmes. Riche
décor en émaux de couleurs sur fond bleu translucide.

H. 53 c.

5 — Vase, la panse entourée de branches et de fleurs; en
haut une grecque et deux palmettes; en bas des gaudrons. Anse à mufles de lions, avec anneaux mobiles.

6 — Vase balustre, orné de huit frises, avec fleurs de
diverses espèces. Anses à mufles de lions, anneaux
mobiles.

H. 35 c.

7 — Très-beau bassin en émail cloisonné du Japon, contre-
émaillé. Le marli et la gorge en émaux blancs, à œil
de perdrix, avec dragons et médaillons de caractères
chinois; au centre, triple frise entourant un cartouche
avec pélicans.

Diamètre 40 c.

8 — Vase balustre à quatre face, décorés de huit frises,
de fleurs, d'animaux chimériques et de paysages, le tout
en émaux de couleurs sur bleu turquoise, anses à
mufles de lions.

H. 35 c.

9 — Vase balustre orné de quatre frises, avec œillets de
tons divers, sur fond turquoise, anses à mufles de lions.

10 — Grand Cornet de forme très-évasée, le bouton et le
piédouche avec arêtes saillantes en bronze, riche décor de
grecques, de palmettes et de marguerites en tons variés,
sur fond turquoise.

H. 34 c.

11 — Petit Brazero à anses élevées, sur trois pieds formés par
des trompes d'éléphants, belle frise avec fleurs et entrelacs.

12 — Petit ting sur trois pieds, riche décor d'ornements et
de frises, sur bleu turquoise, anses à mufles de lions.

Porcelaines anciennes

DE CHINE & DU JAPON

13 — Deux magnifiques potiches en porcelaine de la Chine;
le haut avec frise à feuilles d'eau, le bas à palmettes,
les panses avec beaux paysages, avec grands 'pélicans.
Couvercles surmontés de poules et leurs poussins.

H. 90 c.

14 — Deux grands Vases de forme ovoïde, en vieux Japon,
riche décor en bleu et rouge avec rehauts d'or et aussi
quelques parties en émaux verts.

H. 55 c.

15 — Vase de forme ovoïde, fond bleu turquoise, orné de
frises et de larges palmettes gravées sous émail; anses à
têtes de chimères.

H. 35 c.

16 — Deux Jardinières de forme ronde et évasée; l'extérieur
orné de gaudrons, de feuilles-d'eau et d'une large frise
avec fleurs émaillées et pélicans.

H. 24 c. L. 40 c.

17 — Grand Vase, très-beau décor bleu offrant de larges
branches et des fleurs; anses à faces à dragons; décor
bleu sur fond blanc.

H. 78 c.

18 — Deux beaux cornets de la famille rose, décorés aux cols
et aux panses de personnages chinois (scènes de la vie
privée) et aussi de neuf frises variées.

H. 44 c.

19 — Deux Jardinières, fond bleu turquoise, très-finement craquelé.

20 — Deux jardinières à contours lobés, riche décor émaillé de frises et de fleurs.

21 — Deux petits vases de forme ovoïde, décor de la famille verte, à médaillons de fleurs et d'insectes.

22 — Deux grandes chimères en terre cuite, couvertes d'une patine imitant le bronze.

23 — Deux grandes et belles figurines, homme et femme, en terre émaillée du Japon; ils portent de riches costumes.

H. 80 c.

24 — Grand vase balustre ou céladon gris craquelé. Anses en biscuit noir, à têtes de lions.

H. 57 c.

25 — Belle et grande potiche et son couvercle en vieux Japon; riche décor en bleu et rouge, de médaillons et de fleurs.

H. 83 c.

26 — Grande et belle potiche ornée en camaïeu bleu de vingt-quatre médaillons; ils offrent des bouquets de fleurs, des meubles et autres objets.

H. 70 c.

27 — Deux très-belles potiches à huit pans, ornées d'encadrements, entourant des bouquets de fleurs, décor bleu sur fond blanc.

H. 55 c.

28 — Grand aquarium; au centre, un paysage chinois; sur le bord, deux frises; à l'extérieur des plantes aquatiques.

Diamètre 65 c.

29 — Vase à fleurs, à couvercle et de forme élevée, porcelaine à côtes, décor de fleurs en bleu sur blanc.

30 — Deux vases à couvercles et à grosses panses décor de frises et de fleurs bleues, sur fond blanc.

31 — Petit Vase à col évasé, décor blanc en relief et sous émail, de palmettes, raies-de-cœur et de dragons, sur fond bleu lavé.

32 — Grand Bassin, beau décor à médaillons et semés de fleurs, sur vert turquoise.

32 bis — Deux Vases de première grandeur, en porcelaine de la Chine, décorés sur toutes les parties de personnages (mandarins) en émaux de couleurs et aussi de médaillons avec caractères chinois.

H. 130 c.

33 — Vase en céladon verdâtre avec doubles panses, la première à frise de fleurs à jour; monture en bronze doré.

34 — Grand Cornet à trois frises émaillées, le haut avec personnages chinois se promenant dans un paysage.

H. 50 c.

35 — Jardinière de forme sphérique fond bleu turquoise très-finement craquelé.

36 — Vase à grosse panse, décor de la famille verte, paysage, fleurs, oiseaux et insectes.

37 — Vase en porcelaine céladonée craquelée, fond bleu empois, partie en biscuit noir.

38 — Deux jardinières en porcelaine de l'Inde, décor en émaux de couleurs, de fleurs et de guirlandes.

59 — Jardinière de forme demi-ovoïde, ornée en couleurs de fleurs de chrysanthèmes et d'oiseaux.

40 — Garniture. Une Postiche et deux Cornets, décor partie
rouge lavé, fond vert à feuillages entourant des médaillons de paysages, belle et ancienne qualité.

41 — Deux charmants petits Vases à fleurs, décor de la famille verte. Cigognes dans des paysages.

42 — Grande Bouteille en céladon chamois calbocé.

43 — Deux Vases à fleurs de forme cylindrique, décor de
fleurs en bleu sur fond blanc.

44 — Deux Vases de forme sphérique en chine, fond bleu,
perse à rehauts d'or.

45 — Jardinière semi-ovoïde, décor bleu turquoise très-
finement craquelé.

46 — Une plus petite que la précédente.

47 — Grande Théière de forme cylindrique, goulot à tête
d'oiseau, couvercle surmonté d'une chimère : cette pièce,
dont l'émail imite le bronze, est entourée de cercles imitant le bronze doré.

48 — Vase cylindrique, avec décor de paysage avec autru-
che en bleu sur fond blanc.

49 — Deux Jardinières en bocaro, ornées de personnages
chinois et d'ornements en couleur sur fond vert
d'eau.

50 — Pot à couvercle à grosse panse, décor émaillé, fleurs
et pélicans.

51 — Jardinière en Japon, décor bleu à fleurs.

52 — Bassin de la famille verte, riche décor de fleurs et de
frises.

53 — Un autre plus petit, même genre que le précédent.

54 Beau Plat de la famille verte, orné de neuf médaillons de fleurs.

55 — Plat de la Chine, bordure rose; au centre un homme et une femme chinoise dans un paysage.

56 — Vase balustre; autour en émail de couleurs, un rosier et un oiseau perché.

57 — Vase cylindrique, orné en émaux de couleurs, d'un sujet à personnages, femme chinoise, son enfant et une servante.

58 — Deux grandes Bouteilles à cols évasés, fond rouge rubis.

59 — Jardinière à huit pans et à côtes saillantes, décor bleu.

60 — Une semblable mais plus petite que la précédente.

61 — Deux Plats de la famille verte, sur les marlys, des cigognes; au centre, paysages avec biches.

62 — Petit plateau à piédouche, fond bleu émaillé de fleurs; au centre, un sujet à personnages.

63 — Grande Bouteille dite gargoulette, fond turquoise moucheté.

64 — Beau Plat de la famille verte, orné de neuf médaillons de fleurs émaillées.

65 — Autre Plat de la famille verte, décor de fleurs et d'oiseaux.

66 — Plat de la Chine, le marly avec bordure rose; au centre, une corbeille contenant des fleurs.

67 Deux vases à quatre pans, beau décor de la famille verte offrant des bouquets de fleurs entourés d'encadrements en bleu perse.

68 — Deux Vases à couvercles, décor bleu, frises et fleurs de marguerites.

69 — Soupière ovale et son couvercle en Japon, décor bleu à fleurs.

70 — Deux petites Tasses de forme lobée, fond craquelé sur lequel sont des vases et des fleurs émaillées.

71 — Plat creux de la Chine, bordure à lambrequins roses ; au centre, des fleurs.

72 — Vase décoré de personnages chinois en émaux de couleurs.

73 — Deux Beurriers formés par deux perroquets, plumages en émaux de couleurs.

74 — Plat de la Chine de la famille verte ; au centre un vase de fleurs entouré d'une frise.

75 — Deux charmants Plateaux à fruits, décor de fleurs émaillées, les bords à galeries à jour.

76 — Trois Compotiers en ancien Japon.

77 — Cinq Plats à ombilics saillants de diverses grandeurs, très-belle qualité ancien Japon.
(Seront divisés.)

78 — Grand Plat en ancien Japon, beau décor.

79 — Petit Plat en chine, décor dit à mandarins.

80 — Deux Compotiers, les bords à quadrilles verts ; les fonds avec fleurs émaillées.

81 — Deux Assiettes avec riches bordures et fleurs émaillées.

82 — Deux Assiettes à bords roses et doublées à l'intérieur de fleurs émaillées.

83 — Plat de la Chine de la famille verte, décor avec cigognes et biches dans des paysages.

84 — Un autre plus petit, même genre que le précédent.

85 — Quatre Bols de la Chine, décor de fleurs et à mandarins.

(Seront divisés.)

86 — Plat de la Chine, décor avec bordure à cachemire et fleurs de chrysanthèmes.

87 — Très-joli Plat avec sujets à personnages chinois, scène de la vie privée.

88 — Un autre plus petit, même genre que le précédent.

89 — Six Assiettes, décor de chrysanthèmes émaillées.

90 — Vase cylindrique, beau décor émaillé avec combat de dragons dans les flots.

91 — Vase de forme ovoïde, fond bleu soufflé, anses à têtes de tigres.

Laques.

92 — Jardinière cylindrique en laque noir avec paysage en relief en laque de couleur, des fleurs et des oiseaux voltigeant et du caractère chinois en burgau.

H. 20 c.

93 — Charmant petit Coffret à bijoux et à tiroirs en laque aventuriné, orné de bandes cintrées noir et or.

91 — Cabinet en laque noir à huit tiroirs apparents et d'autres à l'intérieur; belle pièce ornée en or d'une grande quantité d'éventails.

95 — Une Boîte en laque rouge de Pékin de forme ronde à côtes, petit support à jour et contourné de pièces très richement et très-finement ornementées.

Jades.

96 — Vase de forme hexagone en jade vert translucide; toutes les faces avec encadrements finement sculptés: anses à jour.

97 — Grand Bol en jade vert moucheté. transparent.

98 — Flacon à long col et panse aplatie en jade blanc avec ornements gravés, anses à entrelats à jour.

Faïences.

99 — Trois pièces: Boîte à thé, Théière et Pot au lait en terre de pipe ancienne et d'un beau décor en relief, fabrication anglaise.

100 — Deux Vases en faïence de Delft, beau décor bleu, fleurs et oiseaux.

101 — Petit Encrier en faïence de Haguenau.

Renou et Maulde, imprimeurs de la Compagnie des Commissaires-Priseurs, rue de Rivoli, 144.